当代诗人自选诗

献给缓慢退隐的时空

李昌鹏 著

中国书籍出版社
China Book Press

图书在版编目（CIP）数据

献给缓慢退隐的时空 / 李昌鹏著 . — 北京 : 中国书籍出版社，2019.4

ISBN 978-7-5068-7162-4

Ⅰ.①献… Ⅱ.①李… Ⅲ.①诗集－中国－当代 Ⅳ.① I227

中国版本图书馆 CIP 数据核字（2019）第 027543 号

献给缓慢退隐的时空

李昌鹏　著

图书策划	成晓春　崔付建
责任编辑	成晓春
责任印制	孙马飞　马　芝
出版发行	中国书籍出版社
地　　址	北京市丰台区三路居路 97 号（邮编：100073）
电　　话	（010）52257143（总编室）（010）52257140（发行部）
电子邮箱	eo@chinabp.com.cn
经　　销	全国新华书店
印　　刷	三河市华东印刷有限公司
开　　本	880 毫米 ×1230 毫米　1/32
字　　数	70 千字
印　　张	6.25
版　　次	2019 年 4 月第 1 版　2019 年 4 月第 1 次印刷
书　　号	ISBN 978-7-5068-7162-4
定　　价	42.00 元

版权所有　翻印必究

自　序

　　我将出版一部分行句集，它将以诗集之名出版，但我觉得它目前还是一部短文集。这部集子我曾自印过，没印多少本，如今补充新作进去正式出版，当然是想给今天的读者读的。出版后，我想我本人则会再过几年才敢翻看，我希望到时候已经玉宇澄清，它已名满天下或臭名昭著。出版是遗憾的行为艺术，尤其对于自诩为处在写作上升期的人而言。如果到时候写得更好了，我会说："这不过是年轻时的一场梦，里面还有不少垃圾。"这样，我就原谅了自己。如果到时写不动了，我会说："年轻真好啊，我年轻时写过一些不错的东西，它几乎可以称为真正意义上的诗。"这样，我的人生就有了一些慰藉。没错，只有这样，我才永远是对的。在这里我要衷心祝愿出版商不亏本，衷心祝愿这部集子能多次印刷。这里面确实有一些好作品，大多是我很多年前写下的，新作仅四分之一不到，但今天我和我的朋友依旧觉得大部分旧的也还好。请出于对我的尊重，届时不要索要赠书，如果想读请自购。唉，上面的话全部作废，依旧还是太低调了。我不年轻了，四十岁了，还能蹦跶几年？我要高调点。这样说吧，如果你对当下诗歌感到不满，读我的分行句集试试吧。我从不觉得自己是诗人，但我写了或许你觉得有意思的分行句。我没混过诗歌圈，但集子中大部分作品倒是以诗之名发表过——当然要以诗之名发表。如果你对诗歌不满，请读我的分行句试试，毕竟我不属于诗歌圈。如果你一定要说我写的是诗，我的遗憾和骄傲，都会是没有写过连自己也说不清的诗。我认为，时下所谓的诗大多数都不能称之为诗，说是诗，不过是符合固有的那些我认为漏洞百出的、僵化了的诗歌概念。我写的时候，心中就没有以当下诗歌的圈套来套自己。如果矫情一点说，我会讲："我没有意识到我写的是诗，我也没想写诗。"按照某些诗歌理论来套，我写得或许不能算非常好，它们大多很随意，也已经有为数不多的作品能套进理论中好诗的圈套，是的，我认为这是圈套。我希望我属于读者，我只是一个写作者，不一定需要得到诗歌圈的承认，我写的也不一定就是诗——当然，目前它分行的形式，却不得不借助诗歌这种体裁来进行出版登记。当我这样考虑这个集子时，它就是天下无敌的，它不是没有写成功的那种所谓的诗，而是一种借助分行形式，自由、散漫的小作品。它无意与任何人的诗集一争高低，因而在我心里它是一部独一无二的集子。人活到四十岁，听过许多观点，想过许多问题，却喊不出什么口号，也不会举出什么旗帜。对这一切，我心中有满满的不屑。我不过是写写小东西罢了，自己觉得有意义，如果再有一些人喜欢，我更欢喜，我不过是在安安静静地写写自己的小文章。未来，你要是把这部被我命名为《献给缓慢退隐的时空》的书当一部短文集来读，我恭喜你，我觉得你是对的。如果某一天，连有识之士也觉得这是一部有价值的诗集——好吧，我恭喜我自己，我得逞了。

目录 / Contents

001　自　序

001　六千七百八十二条草丝
002　梦　境
003　冬北京
004　海和狮子
005　天空中的道途
006　昼夜不宁
007　深夜在农场
008　马畅来信
009　看见它们的多
010　替　代

011　锤　子
012　词语：雪
013　听奶奶讲述陈年旧事
015　水草地
016　晨　雾
017　见嵇康
018　闪锋芒
019　停下来
021　巴别塔
022　春　天
023　过滤器
024　千斤菜
026　黄麻地
027　数牛只
029　猫
030　圆　润
031　海之底
032　像亲人
034　幻境中的自己
036　一路欢唱的孩子
038　白纸黑字
040　有　赠
042　玫　瑰
044　比喻句
046　无题诗

047　等

048　出租房

049　躲　闪

050　开　车

051　渺　小

052　一粒米

054　紫禁城小憩

055　骨　头

056　盛夏墓地

057　羞　耻

058　一场雪

060　餐风露宿

062　走承德兴隆县溶洞

064　贩卖空气

065　眺　望

066　狮子吼

067　我们有名字

068　怀　疑

069　磨　牙

070　在刺杉间走过

071　南方的雨

072　在老家

073　乡　村

075　最　后

076　一群牤牛入玉米地

077　丝光鱼
078　长久的
079　载客者
080　老　张
081　黄瓜受量词左右
082　欲
083　风的行迹
084　余音不绝
085　和海睡一觉
086　羞　处
087　它们的减少
088　修　正
089　甜蜜梦境
090　天光启
092　我疲倦
093　回老家
094　倒　推
096　重　影
097　身体如寺庙
098　树总是把养分长成树
099　草籽被吹散
100　飞翔的翅膀
102　在乡下
103　草的味道
104　柳　丝

105 假　日
106 秘　密
107 食堂门口
108 残忍的艺术
109 抽　丝
110 我忘了
111 因心情不好并听说即将下雪而作
112 植物人
113 在乌兰察布草原
114 海边的作家
115 吃烤鸭
117 死者曾和我们躺在一起
119 节令将收回它赐予我们身体的电
120 春色及暴力
121 有　幸
122 如同岩浆
124 大树下
126 哪儿出了问题
128 被所有人喜欢
130 路两边全是草
131 不　能
132 黑　斑
134 失　眠
135 暴雨后
136 减肥诗

137　亲爱的胖子

139　近　似

140　沃野千里

142　赤裸裸过冬

144　神仙妒

145　三十厘米

147　在一种恬静的状态得到一切

149　老家的阳光

150　遭　遇

151　石头上的锈及叙事

153　录播现场

154　小花盆

155　我们不知道，人生多么好

156　耳朵鼻子和嘴

158　朋友圈

159　对　话

160　给北北

161　离理想还有四五斤

163　拥　抱

165　告　别

166　老房子

167　沙子连成片

168　势如破竹

169　疼

170　捕风者

171　内　室
172　游园不值
173　睡　眠
175　骑马下乡

176　后记：他在编织自己的作品

六千七百八十二条草丝

我遇见它,拆数这六千七百八十二条草丝
这是六千七百八十二条草丝,被拣选的
细柔草丝,有的长一些,有的短一些
有一个个大小的弧度。我无法让它们恢复原样
一个杰作,牢固吊在菜子梗,丝雀口袋一样的窠臼
这六千七百八十二条草丝,各自从哪里衔来
怎样拿口水组织,现在已看不清,它们以前的样式
小丝雀能够把它们养育,织就奇妙的作品
六千七百八十二条草丝,每一根,轻飘

梦 境

我保持坐姿,从地上的传媒大学到达地下的朝阳门
是的,我可以在地下移动,你也可以
我的梦境里到处是群众,背包的年轻男女拥挤不堪
是的,现实生活中的人和事这里都出现,
没比现实更好,也不更坏
像重型卡车运输水泥,倒进打桩机凿出的深洞
在与我生活隔着距离的地方,梦境就是现实
现在,生活已然超出了我的想象,它有力地钻穿了
我的脑袋

冬北京

咂着嘴巴里啤酒汁液的微苦经过冬北京
冬北京在积雪里沉醉,大小车辆在雪片下落时起伏
江汉平原一定遍地青麦苗
从青麦苗写到麦芽,在此省掉一个成长期——
麦子灌浆,脱粒,麦芽变成酒汁
在我胃里翻涌,喷溅到雪地上
嘴巴两角的残余,挂成了线,麦芽香跟从了我
在冬北京,麦香扑鼻,舌尖是好啤酒的苦味

海和狮子

在岸滩边伏着,一只狮子
它,睡着了,鼻息深重沉闷
我在深圳野生动物园,看见一只睡着的
狮子;在南澳金沙湾,那是中午
沙砾灼热。海,睡着懒觉
海和狮子它们都睡着
在不同的时间和地方,我看见它们的安静
这两者,被我写到一起,它们各自没有意义
它们通过了我,会合在一起
告诉我什么,又要告诉你什么
它们还是不是海和狮子
在我身体里,保持着两个词语的光泽
海;狮子
两个不同的概念,两个符号

天空中的道途

院子里的空地上长满了狗尾草
泡桐树大大的紫色喇叭花,开在高处
和两只斑鸠在一起,它们不叫不跳

泡桐花朝向天空;青草尖
离地面越来越远
斑鸠有着我看不见的道途,在空中

昼夜不宁

盲目活下来,在夜间

一生反复经历两个世界:昼夜
双腿和两脚,走或跑起来
一个黑一个白,背后阴影紧随

身体里已遍布黑白棋子
一生不停息搏斗

深夜在农场

深夜,我在农场翻书
小虫子细小的尖叫,随夜色加深
一个个夜晚,一个个小虫子
把黑色的身体留在书页内

马畅来信

毕业多年，马畅来信
提到一个陌生的地方：到处都
是槐树——他们生活的地方，马畅说
那个爱吃零食的马桂枝
现在已经腆着大肚子

紧接着，他另起一行
是沉痛的笔调：王琪琪死了
我的目光在那行停了几秒钟
琪琪曾是我们的校花，我又看到
她阳光中飘动黄底碎蓝花裙子

马畅说，现在他每天看着
变幻的槐树影子，说
时间转眼就过去了
太阳独自在空中滚动
他说他想着我们

看见它们的多

你知道它们的名字吗,它们那么细小
屑碎,它们拥有的形状
颜色紫、蓝、黄、红、白。它们是那么多
为什么篱笆上有,洼地里也有,湿坡上
都那样具有闪动地打开,不因为细小就停止
猛烈的力量召唤它们,不管明天是否阴雨
听从着一个秘密的号令,来到并离开
湿坡上、洼地里、篱笆上,保持宁静吧
思考是多余的,一朵细小的花
它们从不考虑,明年大地上
你依然可以看见,一些细小的花
踩着时针的节拍走到眼前

替 代

我想有一天世界会摇晃，那时他是老了
你满头发白，扶着他。有一天我还会走不出我们的家
我们的爱情会像蹲在煤炉上的瓦罐，粗糙黯淡
中药会在罐子里飘香，她可以喂给他
希望我们的儿子或女儿为你流眼泪，学习爱
有一天黄土和青草埋没我
他多想代替他小小的妻子，活着忍受寂寞

锤　子

锤子以加速度，落在另一块铁上
缓缓的声响落在后院里，落在我身上
铁，要用铁来捶打；铁锤，从铁里取出

野菊花披满后院篱笆，暗香浮在篱笆上
浮在院子里，浮在身体周遭
秋凉如铁。十月以加速度，落在黄花上

砸在我头上、脸上，我肩上、胸膛
一如十一月的冰霜。一只锤子捏在我手里
另一只不为我所看见

锤子缓缓的声响，每一声都沉实有力
我停下来。它，移至我腰间
只等一会儿，我要把它从身上取下来

词语：雪

这是松树的松；这是柏树的柏
这是一场大雪，掩蔽着二个意象
这是永不衰败的假象
一场大雪急速融化
松和柏，正在泥水里腐败
哦，一场大雪正在飘
松和柏被白雪覆盖
白雪突出它们青翠挺拔
哦，我看见大雪，落进诗行的间隙
词汇的内部张力，把现象敞开
一场大雪它如果落，在我和读者面前
不朽的词汇，在这里
"雪"。一场大雪

听奶奶讲述陈年旧事

裹着小脚的奶奶,她头上披着芦花
我看见她的脸,皱纹在拥挤
她讲述陈年旧事,我看着她往回走
忆起多年前那个穿对襟花衣的小女孩

与蚕豆花站在滩地上
臂弯里挎着黄篾竹篮
她右手捉镰
在二月的水塘打猪草

她又从记忆里找出那把弯刀
我看见我大爷,那个叫宝根的男人
用他削落几颗鬼子的脑袋
如今它锈蚀了,剁不倒一根芦苇

38年前的襄河还在向南澎湃
奶奶洗过多少次江米、土豆
苇眉子打成多少芦席,草棚子已被水漂走
我们生活的地方,襄河流淌了多少年

"现在是二月,襄河二月"
奶奶说:河湾里湿润发喧的土地上
绒花雪白的芦荻密密丛生
野兔跑动的地方,出现迷离的蹄迹

水草地

从哪个方向走出村庄,都得经过
一块一块的水草地。村庄是
一个词语,一个人的梦乡,它卡在喉头
噙在眼中,被一滴喑哑的泪水
凝缩后包藏。水草地呢,给青青细草尖了
一个出头之处。青草尖在上
水在草中,在草根下
一些明亮的青青草尖,一个个埋藏亲人的
泥潭。水草地,一个只能走进去
走不出来的词语。水草地在
村庄的边缘,当我写下这句话
在离开或者回去的路上,埋伏下一片泥潭

晨　雾

晨雾将荒野笼罩，我们不能看见一大片败草
晨雾将火葬场笼罩，我们不能看见粗高的树木
我们顾念所见的，更爱惜那随即便不见的
例如：晨雾
它乳白色，正在消失的身影

见嵇康

在乡下遇见嵇康,他手捏一柄锤子
松软的铁,黄中带红,像一块面包,被他揉动

在芦草棚下,嵇康的锤子落在红铁上响一下
又在砧上跳动,响两下

他看见铁中藏着一些物品的样子:
镰刀、锄头,后来他发现还有一曲广陵散

嵇康爱上了在乡村打铁的生活
他死掉的多年后,我在乡下见到过他

闪锋芒

把刀背伸向前方,把刀锋向自己收拢
切割面前的词语。明亮的音节,唰、唰、唰
牵引我向前挪移三步——
这个叫镰的词语,闪锋芒

停下来

你是在哪里往上走,一个东西带着你
你很沉重,低垂着
你有一条向上的路,在空中
时间一片空虚,你低沉着

我抬着头看你,停下来看你
一片树叶,带给我一个逗号
在春天你找到我,我便把你看见,在秋天
和你一起,落地,响起簌簌的小声音

我听见,最后的声音
像一个老妇女,在唱歌
我想象她曾经好看
嗓子圆润,有表露的欲望

我被她的身姿感动过
我停在原地，一切没有停止改动
那棵树和我都静默垂听，一个声音
我们要想：是什么，发出了声音

巴别塔

我说院子里一棵是杉树
妻子说的仿佛是另一棵,也是杉树
这样说的时候
我们的女儿将说出第三棵杉树
我们各自说水乡园林的杉树
在一个院子里
一棵。一棵。一棵
从一棵杉树到另一棵
是一个院子里的同一棵杉树
也可以给它起三个名字

春　天

节外生枝，杉树枝，由内到外
以身体内部的确切之物存在

暴力的闪电，两块浮云的偶然相遇
这叫命运，它劈开春天

水域晃荡着。疾风
扫动弯曲的倒影，枝条在岸上跳跳

我攫取一切，全靠扭曲春光
而时空缓慢地退隐到杉树根部

过滤器

把冒白汽的豆浆舀进
纱布做底端的过滤器
轻快地摇动
豆浆淌入木盆
在过滤器底端
豆浆透过纱布，恣意而下
豆浆在纱布内荡来荡去
豆制品气味摇曳
整个豆腐房在摇晃
直到过滤器干瘪，纱布解下，倾空
豆腐渣凉了。豆腐凝成
多汁易烂的一块，又一块
过滤器也便不复存在

千斤菜

名字叫"千斤菜"的
是猪草
莴苣的不幸姐妹，叶子碧绿修长
韭菜一样，割后再长出来
千斤菜乳白黏稠的浆汁，在创伤中流溢
只需一个夜晚，千斤菜便回到从前
模样悦目，水灵惹怜
镰刀割着时，它再次
发出噗噗的，撩水般的惊叫
两个切面沁出乳浆，这是千斤菜的营养
猪的售价，一块八一斤
让一只猪长到两百斤
很不容易的事情，起码
要喂给它一千斤这种猪菜

千斤菜被添加饲料取代
是八十年代的事情
能快速再生的千斤菜
给家乡退让出广袤、抛荒的农田

黄麻地

黄麻地里细细的小径
小径，拨开密集的黄麻秆
我躲闪着，头顶垂下的麻叶的锯齿
退回到开阔之地
——那是童年时光，田野中的家
她或她，曾脸上洋溢
快乐的笑容
交替扮演
我的妻子或女儿
有时也要我出任她们的儿子

数牛只

江水晃荡，在拐来拐去
的大堤右边
左边倾斜的草坡上
牛头或昂起，或低下
他在省城出生的女儿五岁
坐在爸爸的车子内
一只、两只、三只……
她兴奋地数着牛只
驾驶室里的爸爸戴着墨镜
手握方向盘
纠正，他说孩子
要用"头"，不是"只"
一头牛、两头牛、三头牛……
现实和语法的规范是
一头头牛，获得了象形的意味
——请原谅，眼前的牛

以吃草、走动的方式存在
孩子的言说，成就
她个体生命的牛只
教育饱含爱，但意味着妥协
就像汽车沿大堤奔跑
带我们返乡，拐来拐去
江水在右边提醒我们
它温婉平静时依旧可怕

猫

有时,你会发现猫
它把死麻雀、死老鼠放在
你的沙发上,藏在你的鞋子里
为此,你曾勃然大怒
你殴打过它。当一个人喜欢
另一个人的时候愿意
把自己最好的东西给对方
而猫对人,也是这样
当猫挨打的时候
它或许感到十分困惑
而爱它的你,此刻余怒未消

圆 润

花吸纳春光和热
怎样凝结,在秋天苹果树的枝头
如少女双手托起的脸
充沛的汁液
在薄丝丝的表皮下
红润令人舌尖感到甜滋滋
像害羞的胭脂
在少女的指尖生起
只有静谧的光线穿过枝桠
苹果熟了
圆润而光洁
无视世人狡黠的目光
它在空气中收缩成为
结实的球体

海之底

从有到无,剥茧抽丝
时光流逝之痛,大多情形
我们是浑然不知
鹅卵石,已磨灭成砂,从寂静的溪流
到喧闹的江河
沉没进浩淼的海之底

像亲人

在地铁进入，隧道前
传媒大学那站，她挤上来
去年，今年，前些天
她身材，平常，长相一般
神情甚至，有些麻木
却像亲人，家常的相见
和我同一个门，进出
四惠东站，换乘，钻入掩体
清晨如，靠着黄昏
灯光照亮光滑的扶栏
有时我们，手很近
我感受到它发散的温热
隔着矜持和，戒备的距离
我们从没，说过话
四惠东站，人头攒动
不陌生，也不熟悉

面目，模糊的人群
我们被运送，朝苹果园
在人潮中，曾想，过几天
如果再次，见到她
要不要先送出，一个笑脸
在传媒大学站
我注视晨光中的站台
地铁开动的瞬间
她和一个男人，喘着气
从楼梯赶到站台
一个人的脸上，浮现笑容
贴着车厢铁门的玻璃窗
地铁启动，出站，奔跑
他们不曾注意，舒展的脸
和芸芸众生中，一个人
脑海里，虚构过亲人

幻境中的自己

坐在转椅上
环顾广场,川流不息
的人。嘴上贴封条
你要呐喊
如一只水壶,蹲在灶盘
火,幽蓝的舌头
在屁股下搅动
不动声色的水,推开
壶嘴的盖片
这——太夸张了
幻境中
水深火热
你是烧开的水
包藏了火焰
在狭小的壶内
沸反盈天。你多么可笑

坐在不存在的
转椅上,虚无的广场
看不见的封条
你的水是浅的
你两脚冰凉
走在初春的雪地
穿着洁白礼服
戴纯棉手套
满头云絮
一场雪
将你,混淆其中
你的心灵
——如果还有的话
火色微暗

一路欢唱的孩子

从菜市鱼档回家的路上
遇见一个小男孩,他边走
边唱。我感到惊讶
很快想到我,曾在什么时候
踩着脚踏车唱,孩子或青年
歌声嘹亮,常常不着调
此时,我手提袋中的鱼在挣扎
我早就沉默了,乘地铁上下班
白昼,打瞌睡的人那么多
沉默在困顿的人之间传染
我手提袋中的鱼突然安静
像是必然。我发现我
已经是一个孩子的父亲
按揭房的主人和老人的靠山
我想起小时候乘凉
老头们的烟枪像孤独的眼睛

在燥热煎熬的暗夜眨动
被蒸蒸日上的时代遗弃
我以为我买的鱼死了
沿时间喧哗的河流而下
心里越来越喧嚣
想说的话越来越沉实
我日渐寂寥
我肯定会死，没有人能
渴望生活如期待的那样簇新
我将鱼铺在旧报纸和
过期的新闻上，剖开

白纸黑字

凌晨三点,从梦里出来
你感到饥饿,童年中断了
在以夜晚为开始的今日凌晨
微波炉把汉堡变热
你啃着食物,以书写——
制造另一个梦境,来迎接黎明
在这该继续沉睡,做梦的时间
你惊讶于一天有两个夜晚
它们被白昼远远隔开
光明,让你想起汉堡中的火腿
它被面包夹在中间
你是一个同时吞下光明与黑暗
的人。如同一架搅拌机
让一切混杂。时光如碎玻璃
搭建了你,这个虚构的人
当太阳升起,奔波者

折射着散乱的光线。这是我们
看不见的。肉体的短暂阴影
那只是身体内的部分黑暗
你把它,变成白纸上的黑字

有 赠

早上,我闻见大便中酒和茶混合的气味
它们以决绝的变异
诋毁着昨夜
以丑的原样存在,没有取悦色彩
酒精也无法让我抛开尘世
我用最功利的尺子,比对自己的兄弟
半夜,他成为不受家庭欢迎的人
这时,他和你继续喝酒
他像回到了自己的家中
丝毫没有打扰你生活的愧疚
在众人熟睡的午夜
他在另一个世界中挣扎
当他从那里归来
我知道,虚无缥缈的美好确实存在
它有清晰的位置,可慰藉平生

咎由自取

我无法拔尽稗子,而一季稻子被收割干净
将成为过冬的食粮
我知道一片谷地不完美的美。稗子自生
稗子熟便落。当一片稻子倒下
寥落的稗子占据你的整片地
我被空虚之后的现实震慑
一片一片稗子地,一眼望不到边
咎由自取,空虚之后的虚弱
来自我的利我主义,对土地的贪婪占有之心
我自以为是,其实什么也不知道
这一切都是老套的比喻
稗子为什么存留于世,混杂在稻子中
此时的我,多么像一棵稗子
只想收稻子的人,收下了一片稗子

玫　瑰

直到头顶云朵,脚踩浪波
她时常回忆他,理解了
他说的:玫瑰是一件容器

时间中的玫瑰,装满时间

期待彼此能列席对方的葬礼
千里迢迢赶去,为此生
不再见的承诺。他们做到了

有多少人在奔向死者的路途相遇
就有多少人心怀玫瑰
这样慢慢走散。人生一晤的宿命

爱欲提前满足,从死后
求证爱。他和她,都得到了

当年他们曾坐在诗建造的
酒吧。红酒让高脚杯怒放
在坚硬的大理石吧台

疲惫的旅人,描述着各自
留给自己的慰藉。举起陈年红酒
撞击声,让玻璃容器震荡

它有植物的品质,器物的容量
青烟的暧昧

干杯如互赠玫瑰,对视的片刻
玫瑰是有刺植物
高脚杯状的生殖器

时间中的玫瑰,从时间内出走
来到我们的时代
它携带花的火苗,酒的冷香

比喻句

柳条,一挂挂鞭炮
发亮的芽苞次第炸开
你的眼中,有喧嚣的春天

玉兰树,让雪带暖香
未开的花蕾像机枪子弹
蜜蜂鼓翼处,节外生枝

异乡桃花开
递来乡土,最鲜润的讯息
想我人面,黯淡了颜色

春水流啊,哗啦啦地流
雷声像巨石,滚动在天花板上
东荆河畔,必是沃野发暄

春天,生一对隐形的翅膀
水中鱼,空中飞
雨水持续,模糊河流的界域

春天是一个生动的理想:
像柳条,像玉兰,像桃花
像春水,像雷雨,像鱼

无题诗

梦里依旧可以活着
或如沉默中长大的植物——
如蒲公英,头顶堆叠
妄念、虚荣、漂浮
土地里有细密的根

等

我将省略,漫长地
等
油漆使墙壁着牢颜色
房间和肉体成为不相干的物
站台的陈雪已经肮脏,它将继续脏
北方平原的冬天,一张张往日的晨报
等。等——
沙尘暴的天空下
846路公汽,没有把我移动

出租房

谁引领我来到一间暂住的屋子
爱和出汗,这都是有期限的考验

遭逢人间受难的命运
学习宽恕,懂得感谢光明和温暖

没有热水和厕所的出租房
我依旧可以过冬。必须过冬

无数个我,共度这出租房之夜
想象整座城市,万家灯火

躲 闪

在我不谙世事的幼年
有一个把鸡腿塞往我嘴巴的人
他问我叫什么
问我多大
我不停地偏头躲闪
他拍打我的头部
我流下泪
他笑着,说我可爱
他样子怪吓人的
我说不出话来,放声大哭
他想逗我把脸笑开
我缩着身体,回避他
我为什么回避他
为何保持警惕和敌意

开　车

前方的路在变窄
我开着车奔跑在路上
当车带着我提速奔跑
道路向后奔赴
越变越窄
越变越窄的道路
告诉我目的地将提前抵达
我开着新购买的昌河微面
道路为我的奔跑发生了改变
在你看来
道路依旧平坦宽阔
而我，前方的道路在变窄
如果你开车
如果你想道路变得更窄
你得开更好的车

渺 小

没有什么东西,可以称大
看见的,一块石头,一个山头,风把它吹散

蚂蚁抬头仰望它的天空
它六条腿下因有几粒砂,就需要跋涉

哭泣的一个人,面朝大海
……突然,收回了他的泪水

一粒米

一粒米
变成一块洁白的岩石
再变出爬满岩石的走虫
这千真万确

走虫和岩石横在眼前
一粒米
令人难以信服地
挡住了我们的去路

人与人
透过一粒米
坚硬的利益关系
一块洁白的岩石

一块洁白的岩石

一粒米

一把米

一堆乱石

一群爬动的走虫

哦，生活！

将我们放置在

显微镜下

我们要做的事：顺从

除此之外，是反抗

紫禁城小憩

华表之上,望天吼及望天归
是两个石雕的命名
一个男人的帝王梦
渐行渐远
我背靠朱红的门楣和墙壁
闭上眼睛

骨 头

如香蕉，有一道弯曲的弧线
象牙，从大象尖的嘴唇边伸出
而猪排在肉中，像一把笙
骨头让人产生美妙的联想
治大国如烹小鲜
小心翼翼，保全民众纤细的骨头
它们是——易折、尖锐的刺
那些细小的骨头，在肉中藏匿
脊梁一开始就不是刺
但一个民族的脊梁，它硬了
它一定像鱼的骨架
吐泡泡时挺立，前进时横行
——它一定带着刺
众多幼小的骨头，它属于百姓
那是刺。不可或缺的肉中刺

盛夏墓地

从雨后黑暗的泥土钻出来
找一棵树,爬上去
抱一根树枝
发泄,埋在地下的
委屈
漫长的数年
才等来一次蜕壳
像黑天使一样
有了翅膀
成为夏天的一部分
在能够鸣叫的日子里——
拼命嘶喊
夏天很长,命很短
到处都是夏天,到处都是呼叫
盛夏是一只蝉的墓地
天空中有一场葬礼

羞　耻

有人因羞愧而求死，如：玄慈方丈
慕容复，不洁地活着
没有死的权力
没有牧师，无人有权，听我的罪孽
需要忏悔，却忍住一切

一场雪

在我们默默地相爱后,听见雪
一齐簌簌飘落下来
早春里,我听见雪
滑落于嫩叶之端

这么巧的一场雪
让天地的界线,变得模糊
雪静悄悄地到来
抹去我们背后的足迹

当我们回头,身后一片空茫茫
这么巧的一场雪,它落在两个人之间
一转眼让,他们再也找不出自己的来历
他们打量着对方

一场雪,让他俩分不出彼此
他们已融入一场雪中
这么巧的一场雪
遮掩了一场刚刚发生的变故

雪花不再簌簌飘落
那个春天,我来不及扶正自己的眼镜
已经在远处看到了
一个必然是离去的身影

餐风露宿

山色浅黛,如
宣纸上
冷泉
静谧地流走
此时,有虹鳟鱼游来

餐馆如败笔
在半山腰
松树的虬枝下
放
塑料餐桌

心静的食客
细数桌面的松针

晚霞，做熟了
眼前的
露天晚餐
山林在
我腆着的肚腹中

林涛依旧
我餐风露宿

南柯一梦
在我掌心躺卧的
松针，跳起来，扎疼我

走承德兴隆县溶洞

一

滴水凝固
成石头

时间百年,换高度
一厘米

有生命的石头
岑寂地生长

二

水的细波纹
写在溶洞四壁

石头为生命造型
如履约的到来者

那像是一座未完成的地宫

寒气逼人,我抱臂见证
游览者,口哈白汽

贩卖空气

他像一个即将下水的潜水员
指着双肩背的空气贮存罐
对我说:"便携式,每天一罐完全够用。"
我老练地问:"这是哪里的空气?"
他说:"根据您的意愿,云南原始森林
神农架原始森林,此外还有国外进口的空气
包您满意。每天早上,我们把它
和牛奶,一起送到您家里。"
我看了一眼他们的广告,下意识地吸了一口气:
"精神上的穿越,诗意的栖居
每月只花300元,鼻尖带你旅游。"
我知道,现在假冒伪劣空气,防不胜防

眺　望

它多么像人啊
站着站着
白白的，慢慢消失不见
没人知道
那有多么美
立地眺望的雪人
双眼变成龙眼
两手空空
一生也没有摇过头

狮子吼

空气鼓荡,窗玻璃哐哐颤抖
麻雀噗的一声,飞走
杉树枝空了,那个深夜我在呼呼昏睡
当我惊起,星斗在户外筛着光线

在夜色拥挤的步行街,当我停下来战栗
街面的陌生人,紧紧抱在一起
霓虹紧促地蓝,黄,紫,红
住宅区的灯一下全亮了

一头狮子不声不响,潜伏下来
就在我们周围,静默良久
狮子吼。它突然张大嘴巴
——我们竟没看见,狂吼的狮子

我们有名字

在地下依旧吃喝拉撒。时代的变化,在地下
过道,连通我居住的房间。幽闭地活
地铁在幻觉中穿贯肉体

简单居所,单向通道里走动
没有脸容,没有眼睛,没有耳朵和嘴巴
你或我交替到来这短居的地下室

幻觉生活的相互见证者
隔壁的你和他。在有梦想的地方
具上名姓,是献给自己的一道大餐

怀　疑

草可能进化出神经系统
对人的侵犯敏感

树可能修炼特异功能
让猴子遭受电击

美丽的花有了欲望
吞噬采蜜的飞虫

当植物也不再自我克制
沉默的风景发出尖叫

有什么不会发生
有什么能免除怀疑

磨　牙

每一天都会亲历的事
他磨牙，我想到空转的石磨盘

一个磨牙的人，每夜都要做同样的事
推他的磨

他的牙齿，发出奇妙的响声
但我在梦中

一些和我命运相连的人
我不知道他的存在

在刺杉间走过

倒地的一片刺杉,枯枝掉落成灰烬
光脚丫的少年,口含飞沙
海生没有在刺杉间走过;小军也没有
一双凉鞋。追逐夏日刺杉的清芬
风在刺杉间走过。光脚丫踩踏在无刺的土面
烟火在刺杉间,走过这一棵树
又走过那一棵树
建军在刺杉间走过,到我们尚未去过的地方

南方的雨

透亮的水滴,落进山坳
荔园
像一个口袋
广东人喊"落雨"
雨线,闪着光
那白蕊的荔花
在枝头吐露银子
白花花
雨,说落就落
雷鸣过山坳
雨线,闪着光

在老家

乡村停电了,她再也睡不着
在暗中,她希望儿子平安
盼儿子发财
也就是那一夜
灰瓦屋门前的桃花开了
第二天,清早她
不知儿子冬天,会不会回来

乡　村

小麻雀的叫声
盛产于田野
在乡下，小麻雀多
你也来听听
小麻雀的叫声
它叫得不好听
它很少叫
它偶然叫一叫
然后长时间停下来
为什么
你想象不出小麻雀的叫声
去听听小麻雀的叫声吧
它叫声土气
像没有学习过鸣叫
直接叫上了
我喜爱听它的叫声

它叫声稀松平常
乡村到处都有小麻雀
在异地奔波的路上
听见它的叫声
这乡村的组成部分
你听见了小麻雀的叫声
就知道
乡村多么辽阔
哦,辽阔的平静
召唤小麻雀
又一只小麻雀
发出了鸣叫

最　后

最后我果然化成了灰
你看见我
不认得我了

死了我也要在炉膛中坐起来
我只求我，架成一堆劈柴
快快引火上身。我会如此绝望

一群牯牛入玉米地

玉米棒子
像牛鞭
斜翘
顶上飘动
黄红色的毛
风一吹
它慢慢变粗大
谁也想不到
一棵玉米秆里
闯进去了
一群牯牛

丝光鱼

丝光鱼扁平，头朝下
在清水里摆尾巴

丝光鱼尾鳍通红，碎鳞黄红
像透明的蚕丝织就

丝光鱼没有斤两，没有价钱
只有你眼睛般大小

丝光鱼它成群漫游
穿过清水与时间

长久的

我需要蒙你加入,造一座房子
用骨血建筑,我并不为了住进去
在河流边缘,在落木之上
而将住进同一面大理石的是
我们——
上面还铭记:长久的

载客者

你把车歇在生活区,等一个客人
一个不具体的客人
她或他,去向因此不明
你不会知道,下一刻在哪儿
你的行程神秘
无可忍受的是,你一生只是在车上

老 张

肌肉老鼠一样,窜动在皮下
晃晃胳膊,老板录用了他
在货运部搬箱子,月入两千块
腰扎布带,咬紧牙
一车车箱子上下,拉来拉走
一顿八个馒头的老张
儿子要上学,女儿要嫁人
他一直没工夫回趟家
四十二岁依旧晨勃,夜晚遗精

黄瓜受量词左右

一条黄瓜躺在泥地
一挂黄瓜吊在藤蔓
一支黄瓜拿在手中
一斤黄瓜托在称盘
一片黄瓜流出汁液
一盘黄瓜正在吃掉

欲

口腔里吐出了火苗
一条舌头在动荡在对我说话
蛇的头脑,收射着猩红的信子
果树纯洁的气味令园林清新
欲摘下这枚果子的一个人双颊在发烫
欲伸手,想缩手
举手投足为"欲"的火舌摆布
那个叫夏娃的女子要行的
在枝头上看出了结果
那个叫"我"的人
将欲站在肃冬的林间

风的行迹

我只洗了一下手
便认定海
是别人用剩的水

呼啸往复的潮汐和我
如何才能独一无二

安静的海
一座体外的教堂

天蓝色,飘扬的布匹
风的行迹

余音不绝

你没意识到演奏已结束
你在等待
下一个乐音颤动
你等了很长时间

和海睡一觉

湿热、咸腥,淡蓝
的波浪翻卷
声音像口腔内的牙刷
带白色细沫
走过切牙、尖牙、磨牙
和海睡一觉
快感秘而不宣

羞　处

身上到处是羞处
它远没有
蜕化为，生殖器官
你的生活
是令人为难的
一起事件
带着蛛网般的影响
远不是活着
你就算了
还检验你的心
是否依然有翅膀
就这么简单
到处是漏洞和网眼
滤出了细节

它们的减少

不声不响的水
白白的
在炊壶中
在火上,慢慢地减少

放在嘴下吹吹
一饮而尽
没味道
为什么有泪
烫疼了小舌尖

慢慢儿喝
一杯白开水
在狭小的口腔内
沸反盈天

修　正

老了，不过是心灵
慢慢变少
"不，是心灵发不出声音"
你不承认有什么会变少
但人类终将灭绝
时间会停止
相对于人类的
另一个世界
和我们有什么关联
你要注意到：
没有你所属的人类
我要修正
我们的一切在变少

甜蜜梦境

菠萝长在刀丛中
荔枝披丑陋盔甲
我的风筝,越飞越远
越过海口的菠萝地
深圳的荔枝林
"你爸爸为什么没来?"
女儿在表妹家答问:
"爸爸在家睡觉。"
"白天睡觉,是懒羊羊。"
妻子替女儿发来短信:
"爸爸,你梦见你
是一只羊了吗?"

天光启

黄昏是怎样到来的
——像叶绿越来越浓
像甜味越来越淡
像夏天越来越热——
黄昏降临
月亮隐约显现
摇晃在城市远空高烟囱旁
收走水泥地面的暑气
稀薄的光一丝丝被吸收
天色白转黄，橘黄
——落日熔金，漫天霞光
夜像是瞬间降临的
分不清是在哪一个瞬间
草尖也是这样——
从地面升高，浮得更高
像清晨突然发生的事

天光启
你不知道草是如何长高的
你不知道天是如何发亮的
缓慢发生的一切
谁有能力描述清楚

我疲倦

认不出错别字,看不见春色
这是北京初夏的黄昏。雨线模糊,像毛线
烟草点燃后,气味弥漫
我的房间晦暗,云雾涌动
今天看不见好文章,想不出五步以外的景致
想不出十天以外的事件
脖子变硬,手指抽搐
在熟悉的字库中捉找几个字
写在这里,曰:"我疲倦。"

回老家

我逃逸了半生,不过是为了升一架云梯
我发现,我对了

这不意味着别的生活
有什么不对

回老家,祖先的在天之灵,在他们活过的地方
和我相见

我听见一种声音说:永逝的,化作握不紧的时间
——对,祖先们,与消失的光阴同在

那也意味着,我将藏身于虚空
你们会顺着我身体的血脉回来吗?如同回忆

如同在梦境,无限地复活

倒　推

汶川大地震时，我的孩子北北在妻子的肚子里
对于大地上发生的灾难孩子是无从知晓的

2007年，北北的爸爸和妈妈在北京生活。2007年的时候
没有北北这个人。更早，更没有北北这个人
更早的更早，没有北北的爸爸也没有北北的妈妈

我们来到世界上，是偶然。尽管来到这个世界上的
有很多人
为什么偏偏是我们？我们来到世界干什么

大多数人来到世界上，就是来走一遭，没有特别的意义
——人类物种延续的一个小小环节

大多数人，他个人与历史无法达成双生
而将来，世界也没有我们了，会消失掉

原本世界上没有我们
我们偏偏来了,偏偏就是我们

偏偏你会和很多人擦肩而过,偏偏你只和其中的
一些人认识
偏偏我就和北北的妈妈结婚了,偏偏生出来的是北北

偏偏我就管这个孩子叫"北北"
偏偏今天还就想到这,写到了这里——

如果没有我呢

重 影

我不得不问自己，李昌鹏的作品让我发现了什么
对于李昌鹏的作品，我是比较熟悉的
李昌鹏的智慧和我等同，思想和我同构
个人史与我一致
我是和他可以对话的人
但我不能通过李昌鹏的作品有更多有意义的发现
无论是写作技艺还是对世界的认识
因此，我对李昌鹏其人的作品并没有多少好感
有的只有恶心，如晕眩时看见重影
我想到卡夫卡要求烧掉自己的作品。他面对自己作品时
感到恶心和绝望——这种猜想出现在我脑子里

身体如寺庙

所谓死亡,可以概括为"四大皆空"
和尚活着,是因为心中有慈悲

树总是把养分长成树

我的孩子在妻子的腹中慢慢生长
一个还没有名字的孩子
我和妻子是他（她）的爸爸妈妈
现在，胚胎慢慢带着我和妻子的基因生长
我们的孩子现在还无法确定长相
但我们对孩子的长相绝对不会感到陌生
一棵树，不管种在哪里，我们总能认出那是一棵树
在石头缝里汲取的养分和在河流边汲取的养分可能有区别
但树总是把养分长成树，不会变成飞鸟或鱼

草籽被吹散

前尘往事,你慢慢研磨,碾碎它
结果它变成风中密布的草籽
被吹散,落进了土壤。渺茫——
心灵向安宁,靠近的机会
煎熬以野草繁殖的速度,呈立方增长
你的心绪和忏悔抱紧,从未止息
每每回忆,或打算从此将你的过失遗忘
便会有一场风暴抵临前,穴居动物的战栗
——你的心柔软如风筝飘带

飞翔的翅膀

一场场雨相继降落
盛夏的江汉平原,河水涨溢
水塘和水塘的界域,模糊
抽水机房停止作业
秧田里的水浑浊,有鱼尾
在里面摆动,你也看不清
水域在持续扩大,连接田块间的道路
从一条条水带子下,爬过去
鱼经过曾经的,人的道路
游向它没有去过的地方
我喜爱夏日的雨水,多年前的我
在雷声的轰隆中把自己的衣裳淋透
守在抽水机旁边,等候鱼——
它会在闪电炸出一串串巨响时
奇迹般地飞出河流
噗的一声落在我脚边

开合它的腮

多年前我时常觉得，鱼儿

也曾有过幻想。当雨水

从盛水的海绵般的云朵中，被一只

看不见的手挤出，密布在天空

鱼儿就会把天空

当作更加开阔的水域

雨中的鱼，一只只学会幻想的鱼

它们不知道是幻想

给自己带来了飞翔的翅膀

在乡下

童年的乡村是宁静的所在。小小的风
缓慢地穿过枝柯疏朗的水杉林,吹干
冰凌和积雪,吹动锯齿形的一片杉树叶子
夏日繁茂的茅草、蓊郁的凤尾蕨
密布旷野。小虫子,在乡村像沙粒一样
在农场通宵阅读或写作的岁月
一个个令我不安的夜晚……

草的味道

它要被称作"草"的东西,是什么
草有醉人的草的气息。在三四月间
草的气息弥漫乡村和田野
饮春水,牛尾翘起来,它昂那带犄角的大头
"哞哞"鸣叫。是它最早发现新草萌动的
它大大的鼻孔翕动,想追踪草的信息
它在牛栏中毛躁不安。老牛它对嫩草
特别地敏感。春天草的新味永远保存在牛的鼻孔里
四月草,马蹄跑。它长得特别快
草叶尖唰唰往上蹿。草浆在牛唇和
牛蹄子上,绿油油的。不堪抓捏的嫩草
在傍晚被村庄里浩荡的牛群踩伤、嚼光,只需隔
一个夜,到处又是顶着露水的草尖
三月四月,村子里到处飘动着令人躁动的气息——
草的腥味,草汁的淡淡的生涩味儿

柳　丝

柳丝垂挂就能浸润春的消息
泛着一层淡黄色的光晕。柳叶
打着苞,就要开花了:它要把皱褶的叶片儿舒展开
柳叶新绿,薄薄的一片片小刀
那是崭新的小刀,春风制造
在不堪承重的柳丝上发出,碰撞的响
柳条它要经历它的二度开花
如果你愿意承认,它叶片开出绿花
你还会看见它开出洁白的柳絮

假　日

胡同里槐花开，它淡黄小花舒展，变白
花儿开，像是件紧张的事
它们松了一口气那样，它们吐出香气
我注意到天空是响晴的，胡同里没有一丝风
花香沉落在胡同的空气中
走在其间轻轻呼吸它的味道
人觉得清爽，双腿轻快。这是一个假日
人觉得特别轻松，放下手中活计
行走成为真正意义的行走，和呼吸一样
没有别的目的。就在今天，我又看见了槐花
它淡黄花苞什么时候悄然满枝头
一抬头就可以看见的繁花，我们忽略它
今天，获得瞬间发现它的暗暗喜悦和困惑
一个假日，人双目变得明亮
脚步因此回复少年的弹性

秘　密

为什么是"这些"而不是"那些"
我写下的
把自己的心灵放置在他物之中
置身于现在的,或别的时代的人物
和场地。和自己说话
也和自己打架,我更多的时候是看文字
怎样织成了漂亮的锦缎。我是能
发现文字秘密的一个人,我
获得发现的快乐……

食堂门口

在食堂门口,冷风吹入身体里
我抖了抖,冷风给我装上了弹簧

残忍的艺术

将竹枝头的
嫩叶抽取
插上蔷薇花
粉色蔷薇
与碧绿的竹叶
组合成完美的花和叶
生命被摧残了
美却如此真实
你瞧,这是它们

抽　丝

抽丝，用生命抽
丝。这是真实的，抽自己灵魂
里的丝绒
随着对自身认知的加深
你是能够抽丝的

我忘了

当香烟被点燃,腾起烟雾
当酒喝到云雾缭绕
是什么
让人生越来越短
是什么让生命越来越长
我爱每一天的琐碎
爱肉骨头在火锅中熬成了汤
我爱金属制成的汤匙
我爱粉红的舌头
我爱
人间的美,脑部的麻醉
我爱,这不明不白的半生
肉质美妙,不可触摸的迷惘

因心情不好并听说即将下雪而作

雪从头皮里往外翻
从眼珠里飞出来
雪让我瘫软
骨头碎成雪花
一场雪,将消耗我
消耗我长骨刺的腰椎及疼痛
的颈骨
雪还没有下起来
我就已经,很老了

植物人

她抱着西瓜一样的肚子,站在他面前
他的板寸头和络腮胡子,像仙人球的刺

她的鼻子,一半个大蒜的形状
他眼皮张开,像剥出了两粒龙眼

他有核桃仁一样的大脑
里面或许有云朵般轻柔飘荡的褶皱

不能砸开验证的,也不能说就是没有
他是一个植物人,躺在床上半年了

她怀孕了,这他已无法知悉
孩子,留还是不留?疑问在犹疑中长大

如果多年后他一觉醒来
会像很多人一样,接受长期拥有的一切吗

在乌兰察布草原

天湛蓝。云不用抬头看
你平视,天在远方

遥远的马与羊
在自己的食物中生活着

海边的作家

每一粒沙子都被海洗过
每一片沙滩
都有足迹式的伤
每一天
都有人,看海潮翻卷的浪花
在时间中起沉疴
每一秒都打开如书页
与破碎、干净,连成片的心灵见面
一片躺在海岸线上的沙滩
一个站着的人
挫骨扬灰,享用自己

吃烤鸭

会被人吃掉的动物,特点是
开口不能说话
山中老虎、草坡麋鹿或树上猴子
有的还成了人类的亲密朋友
家中的猫、京巴狗及广场上的鸽子
教人不忍大快朵颐
倒是鸭子比较好
鸭子有不能高飞的翅膀
难以远走的蹼
它一生,要在泥水中低头糊口
脑袋小的禽类反而各安天命
油光发亮的烤鸭,更像喜剧作品
像一种很好的归属和解脱

不像罗丹的石刻
思想者手托头部，总梗着脖子
有得颈椎病的嫌疑
它让悲剧的意义更清晰
传递隐隐发作的痛与晕眩

死者曾和我们躺在一起

油灯吹灭,他们和我一起躺下。
黑暗和死亡同样,曾让我感到恐惧。
祖父和祖母摸我的脑壳,
紧紧抱住我,
告诉我说,祖先在保佑我。

祖父和祖母已过世很久。
我可以肯定,他们从未骗过我。
一个人躺在午间,办公室的沙发上,
阳光铺满八楼八零一室的地板,
有时我相信,他们就在我身边,
会继续拥着我,
如同全身遍布温暖的血液。

想起多年前,就是这样和我躺在一起。
或许,他们真的一直和我在一起。

想起那些事实及这些可能,
不再有任何事会让我感到慌张,
——那就慢慢来吧。

他们曾从云南迁到江西,
子孙们大部分来到湖北潜江。
我的先祖是武将,在边关打过恶战。
他的子孙从迁徙路上爬起来,
他从战场上站了起来,
从我的血管里走了出来。

节令将收回它赐予我们身体的电

再出几天太阳,春天就过去了。节令将收回
它赐予我们身体的电。

而电击,让我意识到我正挤在人群中。
我们是一个个——个人。

京城让来自南方的我意识到:
我外出,十年中一个个我已隐退无踪。

我抱守独立,像是俄罗斯套娃,
被看不见的手剥开,以变小保持变与不变。

我将继续携带电能。
尤其在经过又一个冬季时,我奔跑,我发电。

春色及暴力

苹果树、梨树在雨中该炸裂蓓蕾
花朵，撕出伤口那般，敞开自己

红的飞起来，白的迸出来，像脸上的血
像脑浆。你要什么结果？

有　幸

月光照亮古代的泉水、山石
还洒落在城市的街区

松针也拥有属于它的那颗夜露
被刺穿，还闪着光

抑制属于自己的一颗泪滴
先让它为陌生人而流

追不上一根草的拔节
它太慢，我的步伐太快了

我还是要感谢，我要说：有幸
有幸与你们相遇

如同岩浆

他们深受刺激后怀有不正常的热情
喷出满口咕噜着泡泡的岩浆

对朝天椒有无限滚烫翻涌的言辞
无辣不欢者或全盘否定者，压倒中间派

突然被发现的污点，覆盖掉一个个人
所有的善行，因而被描述为伪善

恶是真身，善是随穿随脱的衣裳
难道你不是善恶交织，对错同体吗

道德缺乏人性底蕴，滑向魔道
愤怒是一次可怕的火山爆发

有一些错误终究是人的错误
有一些罪恶却已不能仅以兽的定位描述

一群魔要弄死一个人
尤其那些有人性缺陷的人们

我告诉你吧,我爱每一个人
尤其爱那些浑身肮脏却渴望纯净的人

大树下

午后的小区花园没有一个人
蝉鸣在暑气中又直又硬

蝉正在死去,我也是
窗外传来它生命力正旺的喊叫

离死亡还远,但死亡正在抵临
我闷热、寂静的房间

那棵树下,蚂蚁正在搬家
一场雷雨或许正在酝酿

今天,没有一只脚来到树下
蚂蚁们避免了粉身碎骨

我肯定是微如尘埃的
在宇宙中，一颗豆大的地球上

死亡不值得一提
如同遗忘一只叫着的蝉

一只沉默的蚁
嗅到了天空中，云的潮湿

哪儿出了问题

兄弟,哪儿出了问题
在前往天涯海角的盘山公路上

车停了下来。我揉着一双眼睛
揭开车的前盖

热浪裹挟新车的塑料味扑来
我围着车子趿着拖鞋一跳一跳

兄弟,哪儿出了问题
我的兄弟趴在方向盘上沉默不语

如果把矿泉水倒进水箱
马达会马上醒过来吧兄弟

我的兄弟像睡着了
或许你需要抽一支烟吧兄弟

我的兄弟突然说,我们马上回家吧
可是,那这辆车怎么办

我的兄弟是如此清醒。秃噜一声响
发动机就被他点着了火

被所有人喜欢

如果有一天你有了思想
便不再被所有人喜欢

我希望你一直喜爱洋娃娃
保持小女孩的状态

我厌倦自己是一个成年人
我们一起做儿童吧

被所有人喜欢
逗留在两次欢笑的间隙内

思想里埋伏着一支敌军
可是谁也不会有队友

只会有差异，真思想皆独立
但大家习惯相互碾压

还是让我加入你的行列吧
无视洋娃娃和我们的不一样

路两边全是草

在草原,不是上坡路
就是下坡路

上坡路和下坡路
是同一条路

同一条路
我们各走各的右边

一边是草
另一半还是。没有区别

上坡路也就是下坡路
下坡路也可以上坡

不　能

风平浪静。所有的地方恢复正常了。
椅子立在原地,不再走来走去。

但我的喉咙很疼。这是宿醉,
留下的后遗症。

我能不能把这件事说得更完整?
不能。真的不能,尽管我很想。

黑　斑

他的话，把我推向穷凶极恶
我到底做了什么

他说，正是因为我什么也没做
这成为我无法证实也无法证伪的滔天大罪

我默默祈祷，祈祷并未产生真实的伤害
但从他的反应来看，这没有幸免

我祈祷那伤害是轻的
他在教训我如何才配做一个男人

他正折磨着我，让我吃不香也睡不好
被信任的人在酒后已死去

乃至清醒后想活下来，变得呼吸困难
我该如何以清醒面对

尤其是把莫须有的责任承担下来
难道一生就这样带着一块不明的黑斑

失　眠

想知道黑暗
我就看看没有星月的盛大夜晚

找不到一丝亮光
睡着了，或许有梦

暴雨后

暴雨没有把这座城市洗得更干净
靓丽的城市和阴暗的下水道

在一场暴雨中
紧紧抱在了一起

暴雨后
翻涌上街区地面的黏腻物

具有不明不白的肮脏
无辜的一个路人骑自行车经过

他滑倒,几次也没有爬起来
污点溅上他及更多路人的身体

减肥诗

地铁口又吐出一群人
我辨别着,没发现一张沧桑而熟悉的脸

我向地铁站张望
此时它空荡荡,冷寂寂

热面包的香甜
已经翻跃了我身后的铁栅

苹果、桃子,连香蕉也用味道
叫卖自己,只有饥饿的人听得见

衣带渐宽终不悔
它们和一位故人一起,躲进我的记忆

我在等待
远方,二十年未见的自己

亲爱的胖子

把对身体的责任紧握在自己手上
管好自己的嘴

戒贪可以减肥
运动锻炼，薄情和寡义都可以

我选择辟谷
以一种排毒的方式来达成目的

抛开人世烟火后
我开始认为，胖人更近亲爱的世俗

而瘦人，心里有无可违背的铁律
他们是硬邦邦的，对自己也狠了点吧

我选择吃风喝露
这就能出尘升仙了却烦恼吗

饥饿的人哪,走火入魔了没有
他们在云朵中飘荡,像神又像只鬼

近　似

黑猫和夏天在一起。黑猫消失了
夏天不再伏在我们身边。很难说不是夏天
带走了一只黑猫。很难说
夏天不会尾随一只黑猫悄然隐匿
地上翻滚着秋叶
很难说，真的，它们多像拥有猫的灵魂
黑猫如何能变成一地黄猫呢
这真的很难说
它们在地上翻滚，比夏天的黑猫
更像猫。它们乖戾
肉垫中藏着尖锐的爪子
如同盛夏热燥的毛孔总会沁出汗水

沃野千里

没有消息就是好消息
眼前是延伸到西天落日的旷野

这丰茂的草,这葳蕤的树
这即将进入黑夜的胡须

自然生长,不眠不休
我是否拥有欣欣向荣的身体

白发记录了春秋
隐痛来自腰部的峡骨

土地千疮百孔,平整铺展
所有的物象都吐露兴衰

这依旧平静的地方
一个个朝代翻覆,埋骨无数

时间如同虚构,天地没有界限
这黄昏,沃野千里

赤裸裸过冬

制造花香的是春天吗
是本性。该开的花就等候开放

满树苹果花,全飘在了风中
风中事,多么自然啊

宇宙有自己的运行轨迹
可是,我们依旧说不清楚

这也没有什么可说的
小区街道边的草丛早就在

等候苹果腐烂
它能释放出果酒的醇香

你将失去繁花，再落尽所有果实
赤裸裸过冬

无须遗憾，为生命本身的过程
时间中埋藏着不明的秘密

假设它曾获得过采食的价值
它便失去了无用的美

这寒凉的一生，所有人一样
平等是最后的慰藉

神仙妒

头发白了。至于它和头晕眼花之间的关系
或许可以问问神仙

慢慢长大,眼睛越来越亮
神仙不答应,给我一条死路,叫我脚踩流光

走一条升天入地之路
清醒和明白被慢慢剥夺,剥夺得一干二净

三十厘米

售票员，每天走着相同的路
她在固定的位置或坐或站
她就在那个地方，不怎么动
移动的是公交车。如果不出意外
一生三分之一的时间
活动半径，不超过三十厘米
人一生，看起来变化挺大
可惜，大部分人的变化是一样的
如果有一双眼睛在高处俯瞰
大部分人的人生半径
都只有三十厘米
我们可能以为这是悲哀
忘记了现世安稳的幸福
守住自己的位置，或许定力让我们
变成了麻木的模样
可是，可是，具有超能量的神佛

泥塑或以木石雕刻

他们一动不动，岿然不动

在一种恬静的状态得到一切

我闻见烤肉的香味了
当你说起烤肉
我就当自己已经吃完了
刚刚我真的吃过了,我觉得
和真的吃过是一样的
我还专门拿起纸巾
擦了擦嘴巴周围
这样,我就确实感觉吃了烤肉
如果一样好东西诱惑太大
一定是自己出了问题
要
在一种恬静的状态,得到一切
烤肉没能一口吞掉我
吃不吃,吃多少烤肉都由我
我吃定烤肉了
它只能等待我的决定

我心态平和,没有辜负美食
我闭着眼睛
吃到了最好的烤肉
我只吃了两三片
便睁开了眼睛,我不想吃了
烤肉马上就要咆哮了
它想朝我扑过来
我此时已退到一个安全地带

老家的阳光

腊月晒的豆腐里,有阳光的味道
在异乡拿它下酒哎哟哎哟香
那香味在用老家口音喊叫
吃一口
家乡的阳光一缕一缕从我嘴里飘出来了

遭 遇

满杯水容易被忽略,刚刚碰翻了一杯
玻璃杯差点打碎

半杯水,放在桌子上,却是如此明显
我可以说,半杯水能避免杯子遇险吗

石头上的锈及叙事

流水被光阴送走
留下石头。风吹不动锈迹
嘴中含铁的故事

城墙和宫殿匍匐在脚下
没有哀号与马蹄声
在宁静的午后未央宫遗址

在故事之上,以古老的汉语
发出召唤。文字内涌出铁血
汗水、泪滴及舒展的欢声笑语

或许有一种力量可以镇住流沙
让时间停息,让浪涛
如棉花,吐露阳光的暖意

除了叙事,没有力量能阻止世界变化
没有什么比一次好叙事
飞得更美,转折更陡峭

录播现场

你经历过这种事吗
节目还没开始
掌声不停地响起

再来一遍,掌声不响亮
再来一遍,掌声不整齐

来,抬头鼓掌
来,笑着鼓掌
来,站起来鼓掌

节目还没开始
整场节目的掌声,已经录好了

小花盆

辣椒苗站在拳头大的花盆内
举着三四个欲裂开的白色花苞

我始终不信这就是辣椒苗
如果它能长出三四个辣椒便会更像

我端详着这只漂亮的小花盆
它让我或辣椒苗，认识到某种局限

可能某一天，我胸口会遭受锤击
火红的朝天椒将灼痛我的双眼

我们不知道,人生多么好

有毒的花伴随我们成长,陪我们终老
指甲花、牵牛花、夜来香
和它们有关的过往啊
嚼过的口香糖一样,粘在少年走过的路上
百合花,以有毒的香水味,推送祝福
一朵有毒而又迷人的花
在不愿设防的状态,让人中那微不足道的毒
人生是多么好啊
我们什么时候停止过被伤害吗
多么令人陶醉啊,有花相伴
我们只是不知道,不知道,人生多么好啊

耳朵鼻子和嘴

中午放学的黄土路上我们
打打闹闹
那个夏秋之际,发小捋一把猫尾草子
射向我的耳朵

长着倒刺的草子,怎么也拨不出来
不断地往耳朵眼里钻
尖锐的疼痛让我不敢造次
我歪着脑袋回家

下午我没去上学,爸爸骑车带我
去街上的医院
耳鼻喉科医生的帽子前,有一面圆镜子
我耳朵内突然一阵灼热,一阵锥心的疼

我看见一粒猫尾草子躺在
医生的工作台上,倒刺已经凌乱
我曾怀疑我再也见不到它了
我看了它三秒钟,然后捏在指尖用力碾

这一切,默默进行。我一度怀疑自己聋了
我望向爸爸,发现他已没之前慈祥
他冲我昂着头
怒气冲冲,用两个鼻孔瞪着我

多年后发现耳朵里总有
异物作祟
像那粒猫尾草子,易进难出
爸爸往我耳朵里滴药,我嘴里有苦又难言

朋友圈

涟漪一圈圈扩大,波纹愈发微弱
此时它更接近整块湖面

一颗小石头,跃入水塘
一个人陷入他产生的影响

朋友圈越来越大
你甚至做不了其中的一根草

捕获这个世界的春秋
一根草枯黄,一根树在掉叶子

一个人笑的时候,另一个人在哭
这就对了。我们有不得不相异的因由

对　话

多肉掉了一根枝子,掉了三四天吧
长出两根细细的根须
好吧,你不想死
我弄点锯末、草叶和土混在一起
把你栽上
不要让我失望啊,说你呢
你要是死在栽培后
罪过就大了我,那一片好意
没准要遭受恶意揣测
起码我会遭人怀疑。我本无救你之能
我也无法看着你枯萎
那是更大的罪过
你逼迫我,承担拯救带来的风险
我无法进行任何抗拒
我这样说吧,我不求感谢
你可以不怨我吗
——如果某一天,你死在了花盆中

给北北

世界今天开始存在
　　北北只动了一小下
我随意送你个名字，叫北北
　　你将生活的地方，叫北北的世界

明目是你造了光，黑夜是因心要
　　藏得住太阳。爱——是你的策源
表现出星星和月亮的柔和

生母脚下，是故土。记住
　　你脚下最初是天空。会飞的
无路可投，因为空气抬高翅膀

离理想还有四五斤

妈妈,我也要涂彩虹。女儿站在
梳妆台旁边噘着嘴,吐出一道闪电

我希望女儿说得对
妻子手中的那管口红,因此而弯曲
女儿想和妈妈一样的愿望
出现精彩的位移

多么有趣的口误,在这周末和早晨
如同一行诗即将跳跃,产生转义

长年累月,我坐在写字台前飞行
赘肉是需要空投下去的负担。减肥
我的标准体重是
重回一百三十八斤

就这件小事也长满了刺,变得棘手
我不得不说我是离理想还有四五斤

拥　抱

她亲吻他，甚至吻过他的鸡鸡
无数次把他紧紧抱在怀里
把乳头送进他的嘴
六十年后他须发尽白
她指甲盖内积着，不明的黑块
口气不再清新
她依旧深深爱着他，只是不再表达
他反而想过，他要拥抱她
像拥抱一个自己的女人那样
他自然是不完全懂得爱
他始终做不到
她从来就不是女人，在他内心
他不希望仅再拥抱她一次
有时候，他觉得已经和她无限接近
他们的爱几乎就要对等
他们开始面对死亡

他必须再拥抱他一次
殡仪馆,他抱着黑盒子走出来
没有什么时候比现在更亲密
他听见了她的心跳
在自己的胸腔里跃动
她的血在他的全身喧嚣涌动
告诉他,他听不懂的道理

告 别

眼睛和嘴巴,身体的缺口涌入
黑暗,世界消失
为他庆祝的人群,流下泪水
他移开眼前的世界,抛弃对欢愉
和痛苦的厌倦
这是他心灵归于平静的一刻
获得了,超越凡体的力量

老房子

这老房子,楼梯漆黑
我们,爬到哪一层
声控灯就亮到那里
上面是黑的
下面的楼梯好像也消失
黑的空间,以及
刚刚过去的空茫时间
假设我们是隐形的
譬如,幽灵
人们看不见我们
或许,也有我们看不见的人
走在楼梯上
有上的,有下的
我们从他们的身体
穿过,他们也
从我们的身体穿过

沙子连成片

这里是一片沙地,一粒粒沙子连成了片
滚落的坠石
缓慢落地,碎了。一阵风把吹散了它

相逢是一次巧遇,在时间与空间中巧遇
一个婴儿将从何处送来
他的一块皮肤,他的一粒骨末和一滴血

势如破竹

已经在马背上了,草原时高时低
白云时远时近。现在,四个马蹄过小桥
四个马蹄的敲打声,掉入水流
我夹紧双腿,上下起伏的马背
如钝刀破竹,我收紧小腹,尾骨发麻

疼

夜晚。疼,在我的肩胛里面
额头上的汗水一次次圆满,坠落
是的,骨肉在疼
枕头不用来休眠
妈妈,你咬着它让我降生:带血的婴孩——
在血光中获取生的时机
我撕裂夜色的哭喊,代替你咬破嘴唇的
疼!在千里之外我是一个母亲
立在世上的血

捕风者

一阵风离开夏天,我正在捕捉它
它到达的地方
我标成破折号和省略号
哦——湖北……哦——北京——
它没有标点的概念,停顿需要时间
它可能根本就不停顿,一阵风
似乎更易给两手空空的人
一个交代——
多么快的事情,多么珍贵的见证!
人和草木之间,
有着短暂距离的。我现在站到一片草地上去
你看我,落入脚下的一个个草尖中

内 室

每个人都有一个内室,小小的身体
跪诉你的忧伤
盛装下,是我们相同的伤
有人为你落泪,宁静地
暗中把你察看
带这小小的身体,礼拜六
去唱歌,去领圣餐
去见证
那么多相同的伤,在弟兄姊妹身上
相同的喜悦在不同的肉体
它们是细致的,在一些小小的身体
一间间内室

游园不值

应怜屐齿印苍苔
小扣柴扉久不开
春色满园关不住
一枝红杏出墙来

我还是认为,你们继续待在牢房里
和很多并不待在牢房里的人
一样,你们活着
我绝对遇不见你们
你们依旧在跋涉
永远也走不到我面前
你们就囚禁在我心里啊
在我内心的山川奔徙
为我的自由和幸福,永久服刑
你们,本来就是一部分的我

睡 眠

每一个山头,有一只它的老虎
偶尔咆哮
掠过颤动的林梢
惊醒单腿独立枝头的鹤
它迟疑片刻
亮翅,斜身飞离
老虎并未睡着的时空
驯兽的姑娘
抱着她的一瓶酒
沉睡
山林丛莽将他们隔开
在某个瞬间,她放空自己
从容入眠
像一只翩然起身的鹤
没人知道在何时
会飞起来,飞呀,飞呀

要飞多久，能飞多远
闻见酒味的野兽
已全醉倒
没人知道驯兽的姑娘能睡多久
何时醒来
或许就在一阵风离开后
那股酒劲儿消失
驯兽的姑娘会听见隐约一声虎啸

骑马下乡

我去一个小村子。我曾在那里待过许多年
我想骑着马去,拜访它——
用马蹄子叩响安静的水泥路面,用马的嘴
叼路边的嫩草,饮用沟渠的清水
此去需要耗掉白天和夜晚,我是慢慢去的
去过以后我会清楚记得去路弯曲,以及
草的长势。此去的遥远,得花费脚力
走到唐朝或者建安年间的乡村。我在马脊上颠簸
马身上的铁甲和我腰间的长刀渐渐清晰
我待过的那个小村子在前方,越来越苍茫

后记：他在编织自己的作品
——为李昌鹏诗集出版而作

柳宗宣

我遇见它，拆数这六千七百八十二条草丝
这是六千七百八十二条草丝，被拣选的
细柔草丝，有的长一些，有的短一些
有一个个大小的弧度。我无法让它们回复原样
一个杰作，牢固吊在菜籽梗，丝雀口袋一样的窠臼
这六千七百八十二条草丝，各自从哪里衔来
怎样拿口水组织，现在已看不清，它们以前的样式
小丝雀能够把它们养育，织就奇妙的作品
六千七百八十二条草丝，每一根，轻飘
　　　　　　　　——《六千七百八十二条草丝》

昌鹏的诗集《献给缓慢退隐的时空》把这首诗放到诗集的前面，我以为有道理。我把它列在这文章的前面，以此展开评说——

"我遇见它",然后拆数一只丝雀巢的草丝。这是一个事件,多年前的一直在作者忆中出现的事件,后来又将诗人唤醒的,这个出现在诗人记忆里不断出场的一直作用于他的内心世界。他早年乡村生活邂逅的田野菜籽梗间丝雀编织的窠臼,里面的意味是无穷的。作者也看见了,他所见的窠臼唤起了他的感情——是兴奋而激烈的,多年后再去写作这事件或场景,又在里面加入了想象与思悟。诗人不停地看见那雀巢。"看见"是一种稀有的能力。你心中有你才能看见;心中无你则视而不见。所以维特根斯坦说:"我们能看见眼前的事物是多么困难。"我们看见的是一个命运。巴尔蒂斯说:"必须看,看了再看。人总是在其所见之下。还得是善看会看之人。"昌鹏把"看"当成了一种艺术,他看到了拆解的程度:"六千七百八十二条草丝",他看见丝雀的挑选和口水的组织和巢编织技艺。他在多年的观看中,看见了异类的共同,生活与词语的关系,艺术对生活的观照和呈现。他看见了自己的命运。

他在纸面上建筑自己的作品,像那只可爱的小丝巢那样。他看事物看得那样艺术,那样细微、专注。几十年来在纸上落实他所看见的,但他不直说,他描述。整首诗似乎平静得好像无所事事,甚至事不关己。我们知道这是诗人做了冷处理,不让飘浮的感情影响他的编织工作。也可以这样表述,他放弃了已往诗歌的呈现方式,也就是他动用了他欣赏的习得的方式进入诗歌。他描述但不浪漫的抒情,使用的是白描的语象,把物当成物来看——有王国维在《人间词话》的论述,即:以物观物。他观看与描述但不抒情,也就是放弃所谓的"以我观我"。或者说,写作者抑制了我的出场,尽量地让所见的事物直接在语言里出场,他遗弃比喻的拟人和象征的手法来表现,通过相对客观的词语来呈示,如同丝巢用草丝筑巢。昌鹏的这首诗没有使用一个形容词。在他看来,精确的描述性语言可能比拟人与比喻意味更丰富,他甚至想让读者看见那只雀巢,和他一样。在诗的开头,"我遇见它"。我们必须遇见,在此时此地。让读者直接和他一样看见那只雀巢,置身于诗人设置的场景,一切在此生长,如词语一样运行。当代诗十分看重此时此地的呈现,他在这一刻写诗,虽然这一刻早已已过去,成为回忆中的场景,但他在诗的表达中,让你有一个现场感,让你有这种词语在场的幻象。

如前所述,诗人使用的全是描述性的语言,全诗没有一个多余的形容词和比喻,没有不顾一切的抒情,只是具体地呈现,具体到拆解的六千七百八十二条草丝,使用身体的口水还有他和它们的组织。昌鹏的语言技艺是经过多年修炼才自觉运用这种方式的。他的这种语言方式的运用是选择后的结果。这选择是阅读带来的改变,是他对诗歌审美意识更新而后产生的效果。当诗人们众多使用光滑的形容词,隐喻性的语言,极力于修辞的曲折和复杂变体,他则使用直陈性的语言来写诗,这里面有他的美学考量。他在意新诗对世界的命名与直陈能力,他更在意对诗的观察能力的强调,让语言直指事物的能力得以显现,用他的话来说:"写作诗歌——把发现的世界,在图像和语音中托出来。"他诗中图像的呈现,视觉性的语言,让图和象自身呈现出它本有的奥妙,放弃强加给世界的感情与自以为是的感知,昌鹏在写作时把那些他觉得多余的人的东西放弃了,或者说,先入为主的作者退隐了。一个写作者在意的是让客体不受遮挡地自我出场,让我们看见他所发现的世界的图像。其实这个图像浸染了写作者的情感与思味。一只雀巢在诗人的心里成活了多少年,它消逝又出场,它意味无穷但莫名其妙,它带有着诗人身体里的口水和气息，它的叫声是从写作者的身体里溢出来的，那编织的巢带有他们的体温。诗人所要做的是不断地看见与编织，让这个事件或图像渐渐显现。在昌鹏理解中的诗歌写作是发现世界，而非表现世界或歌唱世界，也非复制世界，那是在写作者的直陈性的语言中在写作者特有的身体的语音中烘托出来的世界。

诗歌文本是意义最丰富的文学文本。文本就是符号单元的有意义的集合。昌鹏的阅读与写作经验让他对此颇有理解。他的写作的自我摸索，对语言更新的自觉意识和他对符号学和语言哲学的阅读相关，他的对符号学的研读影响了他对语言的态度，直接作用了他在诗中具体运用词句，他在意语词的符号性的能指，语言的符号学知识让他在写作中将理解到的语言理论实践运用到具体的写作中来。诗文本就是一个符号系统，语词就是一个个象似符号。诗的呈现离开了这个系统或结构就没有意味。他在意一首诗的构成，一个象似的词语符号在语言系统中的意味，他注重文本的肌理和叙事文本的诗意内涵和叙事情景的转换，强调语词的能指的可视性和转义，或图像的自我生成，每个语象在词句之间的深意或可玩味处，那因词句相互作用而衍生出的意境——昌鹏有着他的玲珑胸次。

古人钟嵘云："'清晨登陇首'，羌无故实；'明月照积雪'，讵出经史。观古今胜语，多非补假，皆由直寻。"古人的这个"直寻"，在笔者理解的就是直陈性的描述性的语言，描述直陈了"明月照积雪"这个事实。描述性直寻的语词出现在诗中，生发出写作者无法预料的丰盈意味。昌鹏这些年暗自读了一些诗文本和诗学理论方面的读物，在他的一首诗中这样写道：

> 在农场通宵阅读或写作的岁月
> 一个个令我不安的夜晚……

他读书时期开始热爱的诗歌写作，在他农场的家里一个人在楼上通宵阅读与写作，磨炼出一套新诗写作的手艺，这些年他稳定地保持了他特有的语言风度。他知道如何像美国意象派诗人持守新诗的原则，强调"直接处理"事物，强调"视觉上的具体——阻止诗滑到抽象过程中去"，强调并在意诗的"临即感"。他可能对威廉斯的"客体主义"也不陌生，"要事物不要思想"。还有麦克利的名句，"诗不应隐有所指，诗应当直接就是"。在他所谓的诗的意味是在图形和语音中托出来的，我想也可以这样表述，诗是在语境中烘托出来，那是写诗过程中可能出现的如同神迹的奇妙。用符号学的观念来表述，那是在上下文语词的相互作用的压力中出现的。这新生的诗的意与象与人们常说的隐喻不同，那可不是写作者先入为主的意念，而是语境特殊透现的结果，或者说是诗人私设的一个"象征"而非公共的既有的"象征物"，那是语符的能指在词群的半明半暗中隐现出来的，诗人在诗中不言。如同陶潜所说的，"此中有真意，欲辨已忘言"。

我们再回到昌鹏的这首诗。中间出现这样一句："小丝雀能够把它们养育，织就奇妙的作品。""养育"这个词的出现是前面描述性词句："从哪里衔来，怎样拿口水组织"所衍生或逼现出来的。没有这两个句子，"养育"这个词就显出突兀，有了这几个直陈的词句，这个意味深厚的词就自然得体。昌鹏对词语安置或拿捏十分细心，在此表现出他对语言的尊重和修养。他可能是在语境的运作中顺势摘取了这个词：养育。是他写作前没有想到的，可以说是他在诗行专注的编织中灵光一现；他听到了这个词，受命似的写下了这个带有他体温的词，并且这个词又生出了另外两个：织就、作品。"编织"是十分准确的用词，和前面的"草丝"与"口水"相呼应，同时开启了"作品"的出现。我们此刻恍然理解，诗人他如何在前面细致描述草丝的长短细柔和弧型，我们理解到了诗中的我何以参与在诗境数草丝的细节——而且数出了它的六千七百八十二条。

本雅明有过这样的表述，写作一篇好的散文有三个台阶：一个是音乐的，在这个台阶上它被构思；一个是建筑的，在这个台阶上它被建造起来；最后一个是编织的，在这个台阶它被织成。这个说法也可同样适用于诗创作，昌鹏在诗写作到达了编织阶段，他的这首诗有着编织的效果，一个类似巢的圆形。

诗人写作这首诗时，在他的构造阶段就十分清楚，他再现原样的巢不可能。他懂得那不可复制，他清晰地知道这点，他不会蓦写外部的诗。诗是发现，写诗是再造一个作品，而非复现原样。他清楚我们无法回复消逝场景。诗人与作品的关系就是这样的：有旋律地编织，作品是"编织"出来的。他善于挑练，挑练草丝来编织。用他诗中的句子来说，他"更多的时候是看文字/怎样织成了漂亮的锦缎"。他确实是一个发现文字秘密的一个人。从中他获得发现的快乐。这样的编织的快乐我们可从《马畅来信》等作品中和作者一样获得。

我曾有过这样的表述：传统哲学只关注心（心灵和精神）而排斥身体。对身体研究成了这个世纪新知领域。梅洛·庞蒂把身体

/ 181

作为现象学分析的起点——作为物体的身体，身体的体验，身体的空间性，身体的性别。作为表达和言语的身体，我们的身体与万物交织，我们变成他人，我们变成世界，主体和客体的交织，我的身体和他人身体的交织，身体与自然的交织，写作就是一种交织，回归到"世界之肉"。我想昌鹏对现象学的感性诗学是有体会的。他说他的诗在图像和语音中托出来，这个语音就和写作者的身体有关，这个语音类似于语调和词晕，是写作者在写作某个瞬间给透显出来。当代诗的语感是让人着迷的东西，它是写作者生命气息的外显。而每首诗又有着不同的语感且不可重复，这和诗人生命当下情态相关联。艾伦·金斯堡和他的精神父亲——惠特曼的作品让人感受到扑面而来的生命气息，你的阅读能触摸到一个不可见但可感的气场，这大部分来自诗的语感的作用，即内在乐句的呈现。本雅明说过艺术品呈现出来的灵韵，在你的理解中它多半来自语言的内在节奏散溢出来罩在诗作中的一层薄薄的光晕，那创作主体与词语节奏相互生发出来的气息。我们读诗或分辨诗的真伪往往是听诗，即视听它内在的声音和光晕。昌鹏诗中的语音我听到它的真纯：六千七百八十二条草丝。这个句子在诗中出现了四次，在不同的地方出现，这种歌咏式的复沓荡漾出来的语音有着无尽的余韵。

这些年，昌鹏跟从我写诗，和我一起交流诗艺，在不同的时间与空间。我和他建立了只有写作才有可能建立的民主精神，我们无长无少的。我们之间不能用一个词来定义我们之间的关系：师生？同乡？诗友？非血亲的亲人？不是能用一个词来命名的。我们的命运因为写诗的命运统摄在一起。就像他写就的这首诗，这个作品的意味绝非单一的，有多重的不可析解的元素。

昌鹏的这首关于巢的诗，我解读到了它的意趣不在意写那个既在的消逝在了少年乡村生活的吊在田野菜籽梗间的丝雀巢。用诗人诗中的句子来说：他无法让他回复原样；他也在诗中没有试图这样做；他叙述这个有张力的事件；他用语词构建类似的作品。其实，他叙述的不是停歇在心中少年邂逅的丝雀巢，他谈论的是作品——可以说，他谈论的是如何在诗中写诗这件事——他在描叙如何编织一件作品一首诗。如果在诗中复制外部消逝的物事是不可能的也是低劣的甚至愚蠢的做法。当我们读完这首诗，隐约明白了他的旨意，并发现诗人的多重叙事在诗中运用，或者说，巢是一个结构符号，这首诗是个符号系统，他的叙事有着多重的叙述形态，它的语言形态有着诗性张力。叙述者的身份有明确的也有隐藏的；有概述也有细描；各种叙事在情境之间转移、过度、混合与交织。它的语言时态也是多重的，如同诗中叙述者的声音。此诗的结构由语言叙述的各种形态所构成，它的符码有着编织的参照系统，用巴尔特观点来旁衬，它就是"断裂和被擦抹的网络"，或者说，这首诗让我们读者不再成为消费者，而是受邀般地参与文本的生产。当我们读到最后，突然发现似乎是在谈论写作的事，如其中这样所说，"我无法让它们回复原样"。这是叙述者在文本中对叙事话语本身的评论，也就是叙事学中所谓的元叙事，即关于叙事的叙事，一种自我意识的叙事。这关于作品如何成就的叙事，其实是在叙述诗人如何写诗，如何织就一件作品，像那只小丝雀一样。

在诗的最后，诗人以"轻飘"一词收束全诗，戛然停止。"轻飘"这一词极具意味，让笔者觉得他是在阐述他倾向的诗学风格。他的这本诗集所有诗作都很短，显出轻的特征，诗确实是轻，轻到可以像草丝飘起来。或者说，他崇尚"轻逸"的美学，是他所持守。轻逸，他很少处理生存沉重的主题，他的诗多是短制，这于他是有考量的，他要显现他写作的整体风格，我也倾向于他的轻逸诗风的建立与维护。

昌鹏何以建立这种轻逸的诗风呢？他可能把写诗当成舒解生存压力的方式，在诗中他有于此透气放空自己的愿望。他的写作很少透出焦虑，偶尔有一两句生存感的体悟性的句子但马上收束，在某首诗中这描述锤子：

　　锤子缓缓的声响，每一声都沉实有力
　　我停下来。它，移至我腰间
　　只等一会，我要把它从身上取下来

生活的锤子一旦移置到诗中，也变得如草丝一样轻，在他的描述中变轻，成了一只诗意的锤子。他写诗，是移置了一个空间，在他的作为符号的语词间，他移动它们保持语词的自身的节奏与轻快。它是他发现的另一个世界，与生存的世界无关。他不会将其弄混淆，他保持了诗世界中的神妙与美和他在意的轻逸。这缓解了他在尘世的紧张感、疲累与不安。他干脆除去了语言的重量，让语言有着类似月光的飘荡。文学作为一种生存功能，因为生存之重会做出寻找轻的反映。是的，昌鹏的写作放下词语和身体的重负，飞向另一个世界，在那里改变着现实面貌，在那里获得安慰和审美的满足。这是他何以几十年来在写诗的原因，维护保持他创造的文本世界诗性，他在诗中快速运行词语，不黏滞，语词在运动，精确地呈现在句子或诗结构中，保持了它们的语速节奏和想象。他理解瓦雷里说过的，诗"应当如鸟儿那样轻，而不是像羽毛"。他的诗，是有生命的，像那只丝雀——那微妙的生命，在诗行飞翔。昌鹏的诗思往往在都市和乡村两个世界自在地飞，后者成了他情不自禁飞回的地方。那个被田野包围的家乡的农场的房子——他的小丝雀的巢建筑在那里，他的童年他的父母生活在那里，但他很快又在诗中回到地铁中来。他在诗中保持稳定从容的坐姿，从地上的传媒大学到达地下的朝阳门，呕着嘴巴里啤酒汁液的微苦经过冬北京。昌鹏的诗迷人的地方是他的词句轻逸地在多维空间的运行的飞速和轻盈。对于他诗歌的轻逸美学的指认，还有一个原因来自他作品中呈现的想象，譬如他的诗作《骑马下乡》，诗中那想象的马，让他的诗意的还乡变得轻逸开来——那是一匹时光之马，一匹游子虚构的、永恒的马：

> 我去一个小村子。我曾在那里待过许多年
> 我想骑着马去，拜访它——
> 用马蹄子叩响安静的水泥路面，用马的嘴
> 叼路边的嫩草，饮用沟渠的清水
> 此去需要耗掉白天和夜晚，我是慢慢去的
> 去过以后我会清楚记得去路弯曲，以及
> 草的长势。此去的遥远，得花费脚力
> 走到唐朝或者建安年间的乡村。我在马脊上颠簸
> 马身上的铁甲和我腰间的长刀渐渐清晰
> 我待过的那个小村子在前方，越来越苍茫

是不是只有这轻逸美学可以遵循并维护呢？昌鹏的生活和写

作我是知道一些的,这些年他经营他的诗学,他的天性气质在他的诗作中可以或隐或现的看出来,他的诗状物蓦写皆在细微处显能耐。他身上的女性气息占了上风,引用荣格的观点来旁证,他作为男人心理中的女性一面的阿尼玛成分不可忽视,这影响了他诗作的审美取向——诗作阴柔的元素让我亲近青睐,但作为写作者可以挑战自己的天赋,天赋是我们体内的一根刺,我们似乎可以消解或克服它。昌鹏在写作中是否可以尝试加入新的风格进来,具体地说,是否可在轻逸中加入繁复,在缜密冲淡里融入豪放与疏野?可能我的建议不妥,我们知道每一种诗风都是一个美丽的环套,但我们得变成蛹飞将出去,去建立另外的巢穴——甚至让我们从一只词语的精致的小丝雀,变成一只有凶猛的鹰隼。我写下这句话,就想马上对自己的想法给出否定,还是让昌鹏成为一只善飞的轻盈的丝雀吧——何况他编织的作品具有轻盈的美质。可是在他诗集中,那自我更新的愿望呼之欲出,他的《倒推》一诗就是某种尝试性的努力,是对自己摸索出来的一套写法的反对或推倒。其实,昌鹏的诗集中呈现了不同的语言路径,愿他持续地看,质疑自己看世界的方式,内省自己创新超越的能力以及他的勇气与自由;愿他挑练出全然不同的草丝,筑就他的新的巢(作品)。让老天多给他些闲暇,命令他更自觉面对这些年热爱的写作志业,面对外部世界的种种诱惑和压力,保持自己韧性的张力和必要的对峙。